LES DINONOUS

C'est ma citrouille!

À la mémoire de grand-maman Rose
—S.M.

Données de catalogage avant publication
de la Bibliothèque nationale du Canada

Metzger, Steve
  C'est ma citrouille! / Steve Metzger ;
  illustrations de Hans Wilhelm ;
  texte français d'Isabelle Allard.

(Les Dinonous)
Traduction de: It's pumpkin day.
ISBN 0-7791-1614-3

I. Wilhelm, Hans, 1945- II. Allard, Isabelle III. Titre.
IV. Collection: Metzger, Steve Dinonous.

PZ23.M48Ce 2002   j813'.54   C2002-901593-6

Édition publiée par Les éditions Scholastic,
175 Hillmount Road, Markham (Ontario) L6C 1Z7.

5 4 3 2 1   Imprimé au Canada   02 03 04 05

LES DINONOUS
C'est ma citrouille!

Steve Metzger
Illustrations de Hans Wilhelm

Texte français d'Isabelle Allard

Les éditions Scholastic

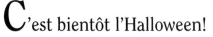

C'est bientôt l'Halloween!

Sur le chemin de l'école, Albert et sa maman passent devant une épicerie.

— Maman, regarde les belles citrouilles! dit Albert.

Il s'avance vers une table où sont empilées des citrouilles.

— Je peux en avoir une? Maman, dis oui, s'il te plaît!

— Plus tard, répond sa maman. C'est le temps d'aller à l'école.

— Mais si on l'achète maintenant, je pourrai la montrer à mes amis!

— Bon, d'accord, dit la maman d'Albert. Laquelle veux-tu?

Albert regarde les citrouilles de toutes les formes.

— Celle-là! déclare-t-il.

Puis il chante une chanson :

La citrouille que voici
est toute lisse et bien ronde.
C'est celle-là que je choisis,
c'est la plus belle du monde!

La maman d'Albert achète la citrouille,
puis ils poursuivent leur route.

Quand ils arrivent à l'école, Mme Dé les accueille.

— Eh bien, Albert, dit-elle, qu'est-ce que tu nous apportes là?

— C'est ma citrouille! annonce Albert. Et c'est la plus belle du monde!

— Oh, je vois! dit Mme Dé. Que dirais-tu de la mettre sur la table dans le coin nature? Je suis sûre que les autres enfants vont beaucoup l'aimer.

— D'accord, dit fièrement Albert.

La maman d'Albert lui dit au revoir pendant que Mme Dé met la citrouille au milieu de la table.

Albert passe quelques minutes à admirer sa citrouille, puis il se dirige vers le bac à sable.

Soudain, Tara arrive dans le coin nature.

— Quelle belle citrouille! s'exclame-t-elle en la touchant. Elle est tellement lisse!

Albert apparaît brusquement auprès d'elle.

— C'est MA citrouille! dit-il. N'y touche pas!

Mme Dé s'approche d'eux.

— Albert, dit-elle, tu sais bien que tous les enfants peuvent explorer ce qui est dans le coin nature.

— Bon, d'accord, dit Albert. Puis il se tourne vers Tara en disant : « Mais c'est MA citrouille, pas la tienne! »

— C'est juste une citrouille, dit Tara en s'éloignant.

Albert retourne au bac à sable.

Tout à coup, Brendan arrive et se
précipite vers la citrouille.

— Wow, c'est une super citrouille! lance-t-il
en la soulevant au-dessus de sa tête. Regardez-moi!
Je suis fort!

Albert apparaît de nouveau.

— Lâche MA citrouille! s'exclame-t-il. Tu vas
l'échapper!

Mme Dé prend la citrouille des mains de Brendan.

— C'est vrai, dit-elle. Tu dois faire attention aux objets qui sont sur la table.

Puis elle déclare en regardant l'horloge : « Venez tous vous asseoir sur le tapis pour le temps de partage. Formons un cercle. Albert, aimerais-tu apporter ta citrouille? Ce serait parfait comme objet à découvrir. »

— Heu… d'accord, dit Albert.

Une fois tous les Dinonous assis, Mme Dé commence :
« Nous avons une surprise aujourd'hui. Albert, veux-tu nous parler
de ce que tu as apporté à l'école? »

Le visage d'Albert s'illumine : « C'est ma citrouille! dit-il.
Elle est lisse, et ronde, et… »

— On devrait transformer la citrouille d'Albert en tête
de monstre pour l'Halloween! l'interrompt Brendan.

— C'est une bonne idée, ajoute Tracy. Ma grande sœur
a une citrouille lanterne dans sa classe.

Brendan se met à répéter : « On veut une lanterne! On veut une lanterne! »

Les autres Dinonous l'imitent… sauf Albert.

— Attendez un peu, dit Mme Dé. Je ne suis pas certaine qu'Albert soit d'accord. Veux-tu qu'on découpe ta citrouille, Albert?

Tout le monde regarde Albert.

— Je… je veux bien, dit-il d'une voix hésitante.

— Tu es certain? demande Mme Dé.

— Oui, dit Albert en regardant les visages réjouis de ses amis.

— Bon, dit Mme Dé. Le matin de l'Halloween, nous allons découper un visage dans la citrouille d'Albert.

Albert chuchote quelques mots à sa citrouille : « Je ne veux pas vraiment qu'on te découpe, tu sais. »

Puis il se lève pour aller faire de la peinture.

Cette semaine-là, Albert est très occupé. Il fait des constructions avec des cubes, il ramasse des glands dehors, il joue avec la pâte à modeler. Mais il trouve toujours le temps d'aller voir sa citrouille.

Enfin, c'est l'Halloween. Albert n'est toujours pas certain de vouloir transformer sa citrouille en lanterne.

Après leur avoir raconté une histoire « effrayante », Mme Dé rassemble les Dinonous près d'une table et place la citrouille sur le comptoir, hors de leur portée.

— Bon, c'est le temps de faire notre citrouille d'Halloween, dit-elle en coupant le haut de la citrouille. Je vais découper un œil ici.

— Non! lance Albert d'une voix forte.

Tout le monde se tourne vers lui.

— Je sais comment ma citrouille devrait être, dit-il. Pouvez-vous faire l'œil de l'autre côté? Et en forme de triangle.

— D'accord, dit Mme Dé en tournant la citrouille. Et maintenant, où veux-tu que je fasse l'autre œil?

— Ici, dit Albert en montrant un endroit à côté du premier œil.

Une fois que les deux yeux sont découpés, Albert montre à Mme Dé où faire le nez et la bouche.

Quand la bouche est terminée, Mme Dé déclare : « Albert, tu m'as beaucoup aidée. Ta citrouille est superbe! »

— Elle n'est pas finie, dit Albert.

— Ah non? dit Mme Dé en souriant. Qu'est-ce qui manque?

— Pouvez-vous découper deux petits rectangles, ici et là, demande Albert en désignant la base du nez.

Lorsque Mme Dé a fini, Albert annonce : « C'est un
A pour Albert! Maintenant, ma citrouille est prête! »
Tout le monde applaudit… surtout Albert.

Puis il chante une nouvelle chanson :

Ma citrouille, j'en suis fier!
Mme Dé m'a écouté.
Elle lui a fait un beau nez
en forme de A pour Albert!